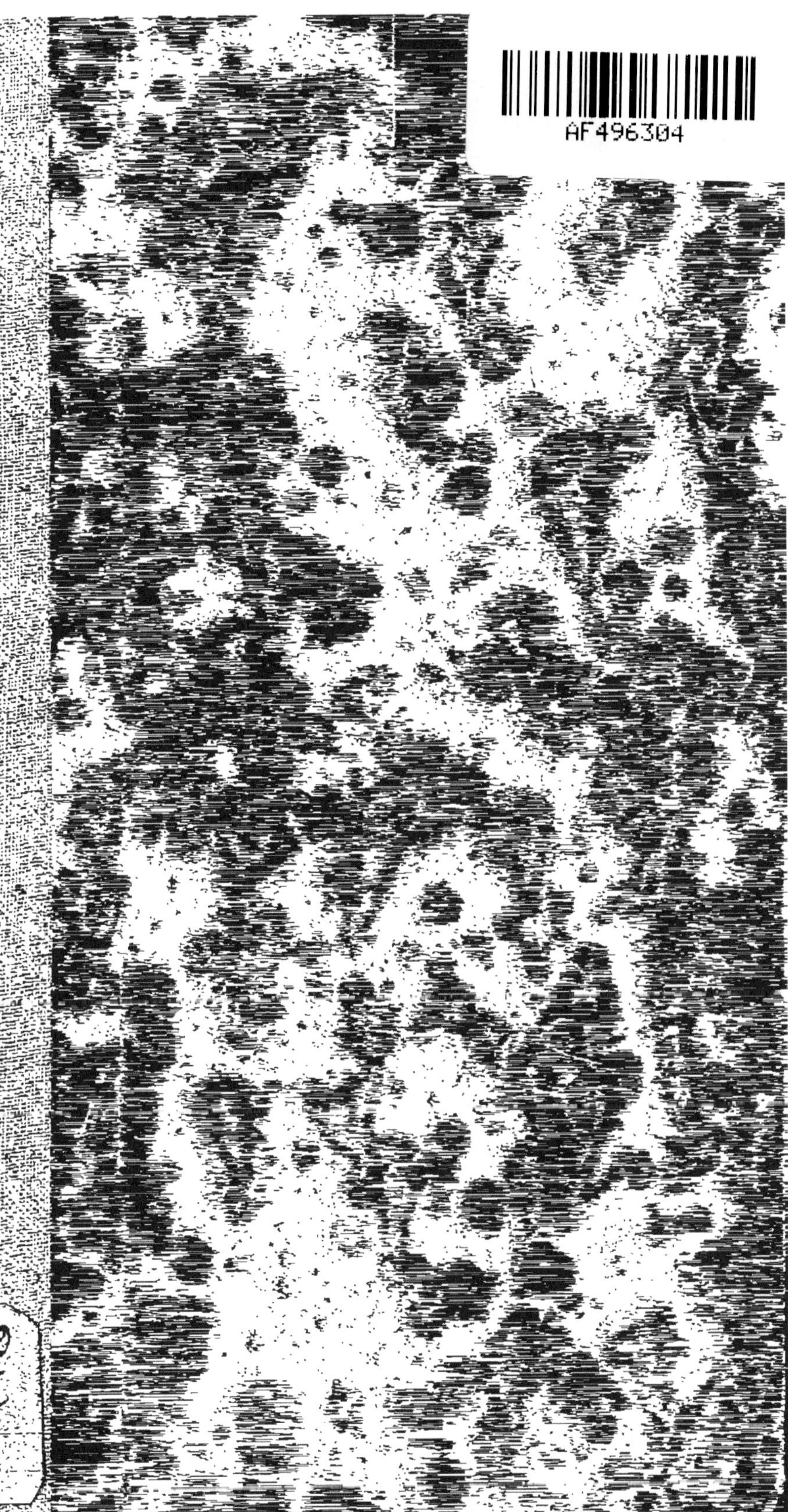

DU FESTIN DU ROI-BOIT.

par Mr bullet professeur a l'université

A BESANÇON,
De l'Imprimerie de JEAN-FELIX CHARMET.

M. DCC. LXII.

DU FESTIN DU ROI-BOIT.

ES premiers Fideles jeunoient la veille des Rois. Le titre de Vigile, que ce jour porte dans les anciens sacramentaires, en est une preuve certaine. Vers l'onzieme siécle, on crut qu'un jeûne austere n'étoit pas compatible avec la joie que cause aux Chrêtiens la Nativité du Sauveur, dont on continuoit la mémoire jusqu'à l'Epiphanie

Sacramentaire de Saint Greg.

A

On se persuada que pour honorer cette auguste naissance, il falloit adoucir ce jeûne. On but ce jour-là du vin, & on y mangea des alimens aprêtés d'une maniere qui n'étoit point d'usage parmi les Fideles, lorsqu'ils jeûnoient. C'est ce que nous aprenons de Saint Pierre Damien, qui s'en plaint amèrement. Cette dévotion étoit trop commode, pour qu'on ne la portât pas plus loin. Peu d'années après on proscrivit entiérement ce jeûne : on ordonne dans un Statut, attribué mal-à-propos à Saint Lanfranc, de ne point jeûner la veille de l'Epiphanie : *NON JEJUNETUR*. Quelque agréable que fut cette ordonnance, elle ne fut pas universellement suivie. Durand, Evêque de Mende, qui vivoit au treizieme siécle, assure que de son tems il y avoit encore des Fideles qui prétendoient que l'on devoit jeûner la veille de l'Epiphanie : QUIDAM SERUNT IN VIGILIA EPI-

Opuscule 56.

Rational des divins offices, [illegible]t. 2,

PHANIÆ JEJUNANDUM. Ce sentiment ne prévalut pas. Le peuple qui s'étoit persuadé qu'il honoroit Jesus-Christ en faisant deux repas, ne voulut pas entendre parler d'abstinence. La joie ne se borna pas à la supression du jeûne. Guillaume, Evêque de Paris, écrit que de son tems on allumoit des feux dans les places publiques, la veille de l'Epiphanie, de même qu'à celle de Saint Jean-Baptiste. Dans tous ces Auteurs que nous avons cités, on ne voit aucune trace du festin du Roi-boit; & sûrement ils n'eussent pas manqué d'en parler, s'il eut été en usage de leur tems. Saint Pierre Damien, qui blâme les adoucissemens du jeûne de la veille de l'Epiphanie, se seroit-il tû sur un festin donné le même jour? Durand qui approuve le sentiment de ceux qui vouloient qu'on jeûnât ce jour-là, n'auroit-il rien dit du grand repas que l'on y faisoit le soir, s'il eut été dès-lors intro-

Liv. des Loix, c. 26.

duit? Quelle censure n'auroit pas fait de ce festin Guillaume, Evêque de Paris, qui non-seulement blâme les feux de joie qu'on allumoit, mais qui, par un excès qu'on ne peut ni soutenir, ni excuſer, taxe cette pratique d'idolâtrie du feu.

C'EST au quatorzieme siécle qu'il faut fixer l'origine du Roi-boit; on faisoit alors dans les Eglises des représentations des Mysteres.

LE MERCREDI des quatre-tems de Décembre, où l'on lit à la Messe comment l'Ange Gabriel vint annoncer à Marie le Mystere de l'Incarnation, on plaçoit sur un échaffaud une jeune fille, à qui un enfant habillé en Ange, annonçoit qu'elle alloit devenir la mere du fils de Dieu; une colombe suspendue sur la tête de la jeune fille, figuroit le Saint Esprit.

LE JOUR de la Chandeleur, on habilloit en Vierge tenant un enfant de cire, une jeune fille accompagnée de jeunes garçons vêtus en Ange, dont deux portoient deux tourterelles. La Vierge alloit à l'offrande de la Messe, récitoit quelques vers & présentoit les tourterelles.

LE DIMANCHE des Rameaux on faisoit une procession triomphante, dans laquelle le Clergé & le Peuple portoient des palmes pour représenter l'entrée triomphante de Jesus-Christ dans Jérusalem. Cette procession se fait encore aujourd'hui dans toute l'Eglise.

LE VENDREDI Saint on attachoit un homme sur une Croix avec des cordes, pour figurer le crucifiement de notre divin Sauveur. Cet usage dure encore dans quelques Villes des Pays-Bas.

LE JOUR de Pâques, entre Matines & Laudes, trois Chanoines revêtus d'aubes, contrefaisoient les Maries, & tenoient avec deux enfans de Chœur placés sur l'Autel, qui figuroient les

Anges, les discours que les saintes femmes tinrent au Sépulchre.

LE JOUR de la Pentecôte, pour représenter la descente du Saint Esprit, on jettoit, pendant qu'on chantoit le *Veni Creator* à l'heure de Tierce, du haut de la voute de l'Eglise, des étoupes allumées qui désignoient les langues de feu qui parurent sur la tête des Apôtres.

ON TROUVE dans un ancien Ordinaire de l'Eglise de Sainte Magdelène de Besançon, la maniere dont on représentoit l'Epiphanie.

QUELQUES jours avant la fête, les Chanoines élisoient un d'entre eux auquel on donnoit le nom de Roi, parce qu'il devoit tenir la place du Roi des Rois. On dressoit à ce Chanoine une espece de trône dans la premiere place du chœur, & on lui donnoit une palme pour sceptre. Il officioit le jour de l'Epiphanie, à commencer dès les premieres Vêpres. A la Messe trois Chanoines revêtus, le premier d'une dalmatique blanche, le second d'une rouge, le troisieme d'une noire, ayant chacun une couronne sur la tête, la palme à la main, ſuivi chacun d'un page qui portoit leurs preſens, sortoient de la Sacristie, & descendoient, en chantant l'Evangile, dans l'Eglise inférieure, qu'ils parcouroient précédés d'une espece de lustre, sur lequel il y avoit plusieurs cierges allumés qui figuroient l'étoile. Ils remontoient au chœur, lorſqu'ils en étoient à cet endroit de l'Evangile où il est dit que les Mages entrerent dans l'Etable, & y adorerent notre divin Sauveur. Alors venans à l'autel, ils se prosternoient devant le Célébrant, & lui offroient leurs presens; ils s'en retournoient ensuite par le côté opposé à celui par lequel ils étoient venus. Le Chanoine Roi la veille & le jour de l'Epiphanie, après l'office fini, donnoit chez lui à tous les Chanoines ses confreres, qui composoient sa Cour, une magnifique collation, pendant laquelle il étoit regardé & traité comme le Roi de la Compagnie.

Les Séculiers ne voulurent pas sur ce point céder en dévotion aux ecclésiastiques; ils résolurent de faire un Roi dans chaque famille : comme les familles ne se trouvent réunies que dans les repas, on prit ce tems pour créer un Roi. On voulut que le sort décidât de cette dignité. Les gâteaux (*) fins entroient dans le régal de nos ancêtres moins délicats, & par conséquent plus heureux que nous. On en fit un pour l'Epiphanie : ce gâteau se partageant entre tous les convives, on y plaça une fêve, afin que celui dans la part duquel elle se trouveroit, fut reconnu Roi. Pour imiter

(*) Le Chapitre d'Amiens est obligé de présenter un gâteau au Roi ou à la Reine lorsqu'ils vont en cette Ville. *La Morliere*, *Antiquités de la Ville d'Amiens*, *pag.* 24.

ce qui se pratiquoit à la Cour, on donna à ce Roi imaginaire des Officiers ; toute la famille se soumit à ses ordres. La souveraineté de ce Roi s'éxerçant à table, il fallut lui marquer quelque distinction pendant le tems du repas ; de-là vint que lorsqu'il buvoit, on se mit par honneur à crier le Roi-boit, vive le Roi. On voulût punir ceux qui manquoient à un si important devoir. Le peuple croit que parmi les trois Rois qui vinrent adorer le Sauveur, il y en avoit un qui étoit noir. Et dans quelqu'unes des Eglises où l'on représentoit l'arrivée de ces Princes à Bethléem, il y en avoit un qui de même que son page avoit le visage et les mains noircies. Cette représentation fournit l'idée du châtiment dont on devoit punir ceux qui avoient manqué de crier le Roi-boit. Ils furent condamnés à être barbouillés, et la punition n'augmentoit pas peu la gaieté du repas.

4eme. Serée de Du Bouchet.

CETTE réjouissance passa du peuple

aux Princes et aux Rois. Jean d'Orronville raporte ainsi la maniere dont Louis III. Duc de Bourbon faisoit son Roi.

Vie de Louis III. Duc de Bourbon, ch. 5. p. 17. 18.

» VINT le jour des Rois où le Duc de » Bourbon fit grande Fête et lye-chére, et » fit son Roi d'un enfant en l'âge de huit » ans, le plus pauvre que l'on trouva en » toute la Ville, et le faisoit vêtir en » habit royal, en lui baillant tous ses Of- » ficiers pour le gouverner, & faisant » bonne chére à celuy Roy pour reve- » rance de Dieu, et le lendemain dinoit » celuy Roy à la table d'honneur, après » venoit son Maître d'Hôtel qui faisoit » la queste pour le pauvre Roy; auquel » le Duc Loys de Bourbon donnoit com- » munément quarante livres pour le tenir » à l'école, et tous les Chevaliers de la » Cour chacun un franc, et les Escuyers » chacun demy-franc, si montoit la som- » me aucunes fois près de cent francs, que » l'on bailloit au pére ou à la mére pour » les enfans qui étoient Roys à leur tour,

» à enseigner à l'escole sans autre œu-
» vre, dont maints d'iceux en vivoient à
» grand honneur, et cette belle coûtume
» tint le vaillant Duc Loys de Bourbon
» tant comme il vesquit.

Les Ecoliers de l'Université de Paris passoient les jours des Fêtes de Saint Martin, de Sainte Catherine, de Saint Nicolas, les Fêtes des Nations, des Colléges et celle des Rois en divertissemens avec des farceurs et des comédiens qui dansoient et qui chantoient des airs tout-à-fait profanes. La Faculté des arts fit un statut en 1484 pour réprimer ces abus: elle excepta néanmoins dans son decret la veille et la Fête des Rois, jours auxquels elle permit aux Ecoliers de se réjouir honnêtement, après avoir assisté au Service Divin.

Hist. univ. par. T. S. pag. 782, 783.

La réjouissance des Rois occasionna une blessure considérable à François I. Martin du Bellay raconte cet accident au premier livre de ses Mémoires.

Pag. 27. » LE Roi étant à Rémorentin, vint » la Fête des Rois ; le Roi sçachant que » M. de St. Pol avoit fait un Roi de la » fêve en son logis, délibera avec ses » Supôts d'envoyer défier led. Roi de » mond. Seigneur de St. Pol, ce qui fut » fait, et parce qu'il faisoit grandes » neiges, mondit Seigneur de Saint Pol » fit grande munition de pelottes de » neige, de pommes et d'œufs pour » soutenir l'effort. Etant enfin toutes ar- » mes faillies pour la défense de ceux de » dedans, ceux de déhors forçant la porte, » quelque mal avisé jetta un tison de bois » par la fenêtre, & tomba led. tison sur » la tête du Roy, de quoy il fut fort blessé, » de maniére qu'il fut quelques jours que » les Chirurgiens ne pouvoient assurer » de sa santé.

T. 3. p. 67. ON lit dans les Mémoires de Vielle-ville que les Seigneurs les plus distingués du Royaume crioient le Roi-boit.

DANS les statuts de l'Isle des Hermaphrodites, (on sçait que sous ce nom on désigne Henri III et les Mignons) on lit celui-ci : Les Fêtes des Rois et de Carême-prenant consacrées à Bacchus, soient les plus célébres de toute l'année, les octaves desquelles seroient de semaines & non de jours.

DAVILA raconte que la Reine mere Catherine de Médicis mourut le 5 Janvier veille de l'Epiphanie, jour qu'on a coûtume de célébrer par de grandes réjouissances à la Cour & dans toute la France. Liv. 9 sur la fin.

ON ne se contenta pas d'avoir fait un divertissement du festin des Rois, on y voulut encore donner un air de religion. L'Estoile, dans son journal, décrit en ces termes ce qui se passa à la Messe d'Henri III. le jour de l'Epiphanie de 1578.

» LE lundi 6 Janvier jour des Rois, la » Demoiselle de Pons de Bretagne, » Reine de la fêve fut par le Roi désespé- » rément brave, frisée et gaudronnée, T. 1. p. 87.

» menée du Château du Louvre à la » Messe en la Chapelle de Bourbon, » étant le Roi suivi de ses Mignons au- » tant et plus braves que luy; Bussy d'Am- » boise s'y trouva habillé tout simple- » ment, mais suivi de six Pages, vêtus de » drap d'or frisé, disant tout haut, que le » têms étoit venu que les Belistres se- » roient les plus braves, de quoy suivi- » rent les secrettes haines et querelles » qui parurent bientôt aprés.

Liv. 1. ch. 41. Du Peyrat raconte le même fait; mais comme il ajoute des circonstances intéressantes, nous croyons qu'on lira avec plaisir son récit.

» Du regne d'Henry III. on faisoit à la » Cour la veille de la Fête des Rois au » souper une Reine de la fêve, et le jour » des Rois le Roy la menoit à la Messe à » son côté gauche, et si la Reine y étoit, » elle marchoit au côte droit. Un peu au » dessous du Roy on préparoit un Ora- » toire et un drap de pied pour la Reyne

» dela fêve au côté gauche de celuy du » Roy, avec son carreau à main droite. » Le Roy bailloit à l'offrande avec l'écu » trois boules de cire, l'une couverte de » feüilles d'or, l'autre de feüilles d'argent, » et la troisieme couverte d'encens, com» me j'ai apris de feu M. Pillet, le plus » ancien Chantre et Chapelain du Roi, » qui a servi sous les Rois Charles IX, » Henry III, Henry IV et Louis XIII, » l'espace d'environ cinquante ans. Le » Roy étant de retour en sa place sous le » Daix, la Reine de la fêve se levoit, et » ayant fait la révérence au Roy et à la » Reine, alloit à l'offrande. La Reine n'y » alloit pas; & après la Messe, leurs » Majeſtés et la Reine de la fêve, somp» tueusement habillées et parées, retour» noient en grande pompe au Louvre, » les trompettes et tambours sonnans.

GUILLAUME Rose Prédicateur et Confesseur du Roi Henri III, Evêque de Senlis, accorda, à ce que l'on dit, des

Indulgences au Roi et à la Reine du gâteau, qui iroient à l'offrande le jour de l'Epiphanie.

ON créoit encore un Roi à la Cour le jour de l'Epiphanie sur la fin du dernier siécle, puisque Muret, dans son traité des festins, écrit que celui de la Cour à qui la fêve est échue, est servi par le Roi même.

Pag. 39.

ON ne crioit le Roi-boit qu'en France, en Allemagne et dans les Pays Bas; ce divertissement dégéneroit quelquesfois en débauche.

ON lit dans la Popeliniére, qu'en 1557 l'Amiral de Chatillon fut sur le point de surprendre la Ville de Doüay pendant la nuit, parce que la plus grande partie de la garnison s'étoit enivrée en criant le Roi-boit.

Liv. IV. p. 78.

LORSQUE les Luthériens et les Calvinistes parurent, ils s'éleverent fortement contre le Festin du Roi-boit; ils prétendirent que c'étoit un reste du Paganisme et une imitation des Saturnales.

Monsieur Deslyons, Chanoine de Senlis, renouvella au dernier siécle la même accusation contre ce repas; elle n'est sûrement pas fondée. Nos bons Ancêtres, qui ont établis la réjouissance du Roiboit, ne connoissoient ni Saturne, ni ses Fêtes.

FIN.

www.ingramcontent.com/pod-product-compliance
Ingram Content Group UK Ltd.
Pitfield, Milton Keynes, MK11 3LW, UK
UKHW021200230726
13926UKWH00001B/219

9 782013 632065